작은 스케치북

상현 글·그림

그래인

차례

― 1부 ―

벗어난 길

― 2부 ―

여름의 해

이야기 조각

조각. 어떤 물질의 파편. 조각을 떠올리면 대뜸 '모자이크'가 떠오른다. 작은 조각들을 모아서 하나의 그림을 만드는 것.

참 번거로운 일이기는 하다. 그런 모자이크를 딱 한 번 진심으로 해 본 적이 있다. 중학교 미술 수행 평가를 위한 과제였다. 그림을 좋아했던 내가, 다른 과목은 몰라도 미술 성적은 포기할 수 없었기에, 누구보다 잘하고 싶었다. 욕심이 나서, 색종이와 잡지, 전단지를 최대한 잘게 잘게 찢었다. 종이 위에는 꽃병에 담긴 해바라기 한 송이의 윤곽을 옅게 그려 놓았다. 그러고는 조각 더미에서 알맞은 색의 조각을 찾기 시작했다. 잡힌 조각 하나를 손가락 끝에 올려 놓고, 딱풀을 살짝 찍어, 적당한 위치에 붙였다. 똑같은 행위를 끝없이 반복했다. 하지만 종잇조각이 지나치게 작았던 걸까, 아무리 붙여도 붙여도 8절지의 스케치북은 쉽게 차지 않았다.

몇 시간쯤 지났을까, 어느 순간 서서히 보이기 시작했다. 무언가가 되고 있음을. 그리고 공들인 시간만큼 아름다워지고 있다는 것을. 그리고 마침내 한 장의 스케치북이 빈틈없이 조각들로 채워지게 되었다. 그대로 자리에서 일어나 한 발짝 물러서서 그것을 바라보았다. 더 이상 수많은 조각들이 아니라, 선명한 해바라기 한 송이였다.

이야기를 쓰고 그리는 것도, 모자이크와 비슷하다. 삶 속 여기저기에 파편처럼 흩어진, 모양도 제각각인 이야기 조각을 하나하나 모은다. 그리고 각자의 자리를 찾아 나선다. 그것은 하나의 짧은 이야기가 될 수도, 하나의 책이 될 수도, 아니면 나의 삶 자체가 될 수도 있다. 어쩌면 직소 퍼즐과도 비슷하게 느껴지지만, 그것과는 조금 차이가 있다. 퍼즐의 모든 조각은 처음부터 제자리가 정해져 있지만, 이야기들은 그렇지 않다. 모든 이야기 조각은 원하는 곳에 원하는 모양으로 두면 그만이다. 그 순간, 조각의 의미는 새롭게 생겨난다. 그 의미들이 덧붙고, 이어지다 보면 선명한 한 송이의 무언가가 나오게 되는 것이다.

하지만 모자이크처럼 이야기를 모으는 일에도 권태로움이 찾아온다. 기껏 모아 둔 조각들이 한낱 쓰레기들로 보일 때가 있다. 불어오는 바람 한 번이면 모두 흩어져 버릴, 과거의 조각들에 머무는 듯한 내 모습이 그냥 싫어진다. 별다른 목적이 없어서 그런 걸까. 하지만 모든 일에 꼭 목적이 있어야 하는 것은 아니지 않나.

중고등학교 시절, 나는 용돈으로 음반을 사 모으는 일에 꽤 진심이었다. 하지만 한창 MP3가 대세였던 시대였기에, 음반이 있다고 해도 직접 CD를 재생해서 듣는 일은 거의 없었다. 그저 순수하게 모으는 즐거움뿐이었다. 개수가 하나둘 늘어 갈 때마다, 책장에 가지런히 꽂힌 음반의 라벨은 어느샌가 자연스러운 그러데이션을 만들었다. 그중 잡히는 대로 꺼내어, 트랙의 이름을 쓱 훑어보는 것만으로도 더할 나위 없는, 수집이 주는 즐거움이었다.

실은 떨어진 도토리를 모으든, 포켓몬 띠부띠부씰을 모으든, 고가의 예술 작품을 모으든, 무엇을 모으느냐는 그다지 중요한 것이 아니다. 모든 수집의 본질은 수집하는 행위 그 자체에 있다. '이야기 조각 모음'도 별반 다를 것은 없다. 그냥 모으는 것이다. 그래서 지나친 고민과 의미 찾기는 멈추고, 다시 이야기 조각 모으기에 집중하기로. 사소한 것부터 무거운 것까지. 이미 쌓여 있는 것들부터, 하루하루 새롭게 생겨나는 것들까지. 아직 모아야 할 것들이 산더미처럼 쌓여 있기에, 벌써 설렌다.

— 1부 —

벗어난 길

애매모호한 일상

자주 피어오르는 생각.
나 지금 뭐하고 있는 거지.

모두 회사에 있을 시간에
집이나 카페에 앉아,

어제는 도면을 그리다가,
오늘은 그림과 글을 끄적이고,
갑자기 영어 공부를 하기도 하고.

기분이 가라앉는 날에는
모두 손에 잡히지 않기도 하고.

확신을 찾아 얻고 싶지만,
어디 물어볼 곳은 딱히 없고,
불안과 압박은 늘 기본값.

누군가 요새 뭐하냐고 물으면,
본격적인 고민은 시작된다.

흠.

① 쉬고 있어. (뭔가 늘 하고는 있긴 하지.)
② 프리랜서야. (들어오는 일만 간간이 할 뿐.)
③ 유학 준비 중. (목표는 있지만, 아직 흐릿해.)
④ 그냥. 뭐 이것저것..

지금의 순간을 묘사하자면,
세상의 모든 어중간한 말을
마구 뭉쳐 놓으면 되지 않을까.

왔다 갔다,

이도 저도,

애매모호,

알쏭달쏭,

긴가민가,

기타 등등.

어떤 습관

기존의 루트에서 벗어나는 사람.
새로운 길을 찾아 나서는 사람.

그럴듯하게 핑계를
만들어 보자면 그렇다.

다르게 살고자 한 것은 맞지만,
이를테면 멋진 성장을 위해서,

주도적으로 길을 개척했다고
하기에는 민망한 구석이 있다.

대부분의 이유는
도망가고 싶은 마음에서
비롯된 것들이었다.

휴.

나는 지속적으로 도망쳐 왔다.

고3에 학교를 그만두었고,
스무 살부터 독립을 했고,

같은 해, 빠르게 입대를 했으며,
(예정에도 없던 해병대란 곳으로.)

전역 후에는 호주로 워홀을 떠났다.

대학 졸업 후에는 고향을 떠났고,
괜찮았던 두 회사를 퇴사한 후,

다시, 또 다른 도망을 준비중이다.

돌아보면 크고 작은
도망들이 옹기종기 모여
나의 삶을 이루고 있었다.

인생 첫 도망

어쩌면 습관적인 도망은
완벽히 성공적이었던,
인생 첫 도망 때문이지 않을까.

바로 고등학교를 그만둔 일.

지나고 나니 별일 아니었지만,
18살의 나에게는 절대
일어나선 안될 일 같았다.

고등학교 2학년 무렵부터,
모든 것이 서서히 위태로워졌다.

집안 사정, 나의 미래,
몸과 마음의 건강.

원래도 적었던 나의 말수는
거의 사라지게 되었다.

드르륵.

선생님과 친구들의 시선,
둘러싼 모든 것이 두려워졌다.

창밖을 바라보며,
홀로 보내는 시간들이 늘어 갔다.

1년쯤 흐른 어느 날,
무언가가 정답처럼 느껴졌다.

드르륵.

기나긴 하루

학교를 그만두기 하루 전날,
1교시부터 야자 시간 내내,
종일 어수선하고 어지러웠다.

도망의 커다란 문제점은
누군가를 실망시켜야 한다는 점.

무슨 말을 어떻게 해야 할지.

자퇴를 하고 싶다는 말을 듣고,
말리지 않을 부모님은 없을 테니.

내 마음과 결정을
솔직하게 표현할 수 있는 말.

더불어 어떤 약속이나
계획들도 이야기해야겠지.

그런 건 사실 딱히 없었지만.

결국 답을 찾지 못한 채,
그저 이해해 주길 바라며,
집으로 돌아갔다.

자정을 넘긴 시간,
어두운 부엌 조명 아래,

엄마와 나는 마주앉아 있었다.

떠올린 많은 말들이 무색하게
난 단 한 문장만 꺼낼 수 있었다.

'나 학교 그만두고 싶어.'

짧은 선언

짧은 선언 후의 정적은 그리 오래가지 않았다.

'그래, 그럼 내가 내일 학교 가면 되니?'

선언은 아주 간단히 받아들여졌다.

엄마는 알고 있었다고 한다.
내가 그간 버티고 있었다는 걸.

스스로 감당하는 척했지만,
사실 나에게는 보호막이 있었다.

혼자라고 느끼던 세상,
그 바깥에서 한결같이
막아 주고 받아내 준 존재.

한참 지나서야
알게 된 사실은,

엄마는 내가 떠난 학교를
지나칠 때마다
눈물을 흘리셨다고 한다.

그런 보호막의 존재는
오히려 나의 도망에게
목적을 쥐여 주었다.

그저 어둠 속에 숨지 않고,
스스로 온전함에 가까워지기로.

고집이 센 아이

자퇴를 확정 짓고 나오는 길에 담임 선생님은 슬쩍 엄마에게 한마디 하셨다고 한다.

"고집이 참 센 아이네요."

그도 그럴 만한 것이, 그동안 선생님은 나의 결정에 여러 번 회유하셨기 때문이다. "이제 3월 말이니까 중간고사까지만 해 보자." 아마도 선생님 입장에서는 문제를 일으킨 적도 없고 성적도 나쁘지 않았던 한 학생이, 그것도 고3의 초입에 다짜고짜 학교를 그만둔다고 하니 안타깝고 아쉽게 느껴지시는 것이 당연했을 터이다.

어쨌든, 나에게 있어서는 생애 처음 들어보는 이야기였다. 내가 고집이 세다는 것.

나는 좋고 싫은 것이 속으로는 분명한 아이였지만, 그것을 밖으로 표출하는 아이는 아니었다. 어린 시절 나는 한 번도 부모님께 떼를 쓴 적이 없다. 마음에 드는 장난감이 생겨도, 먹고 싶은 음식이 있어도, 주변을 맴돌거나, 쳐다보며 만지작거려 볼 뿐이었다. 그러다 그 자리를 떠나게 되면, 계속 눈에 아른거리고 아쉬워서, 돌아오는 길에 혼자 조용히 눈물만 뚝뚝 흘리던 그런 아이였다.

시간이 흘러 18살이 되었다고 특별히 달라진 것은 없었다. 대부분의 생각과 결정은 침묵 속에 머물렀다. 더욱이 아프고 힘든 것들은 안으로만 향했다. 대신 그때는 '사춘기'라는, 반은 진실이기도 한 그럴듯한 핑계를 대며 혼자만의 세계로 파고들 수 있었다.

그럴 때면 혼자만의 공간을 틈만 나면 찾곤 했다. 예를 들면 예전에 살던 아파트의 옥상 같은 곳. 철문 하나를 사이에 두고 세상과 단절되어, 홀로 존재하며, 바람이 느껴지고, 하늘이 가깝고, 또 모든 것이 작아 보이는 곳. 누군가는 위험하다고 생각하겠지만, 나에게 그곳은 가장 안전한 곳이었다. 나는 밖으로 표현하는 대신 조용하게 혼자의 시간들을 쌓고 있었다.

자퇴에 대한 결심은 그처럼 쌓고 쌓이다, 차고 넘칠 만큼의 확신이 쌓였을 때 비로소 꺼내 놓은 것이었다. 그래서 한 치의 여지도 두지 않았다. 그렇게 '고집 센 아이'는 탄생한 것이다. 하지만 그 이면에는 다만 두려움이 전부였다. 겨우 꺼내 놓은 나의 마음에 혹시나 여지가 생긴다면, 그래서 의지가 굴복당하거나 시간이 지체되고 흐지부지되어 마치 골든타임을 놓치듯 끊어져 버릴까 봐. 그래서 나는 더욱이 일말의 여지없는 고집을 부렸던 것이다.

십수 년쯤 지나고 난 지금, 나는 '고집을 부리는 어른'이 되지는 않았지만 여전히 그때의 '고집 센 아이'를 품고 산다. 연민과 동경, 두 가지의 마음으로. 그때 어른들의 '어려서 아직 아무것도 몰라.'라는 말에 어느 정도는 동의하지만, 무언가 현실의 벽이 나를 붙잡을 때마다 나는 그 고집 센 아이를 다시 불러낸다. 비록 아무것도 몰라도, 내면의 목소리에 귀 기울이고, 확신하여, 스스로 그 확신을 책임감으로 기꺼이 바꾸어 냈던 18살의 소년을. 그리고 동경한다. 어쩌면 그때 그 소년이야말로 지금의 나보다 십수 년은 먼저 발을 내디딘 선구자일지도 모른다. 과거, 현재, 그리고 미래의 내가 추구해야 할 이상적인 모습과 가장 닮아 있기 때문에.

그리고 연민한다. '고집 센 아이'라는 모습으로, 누구도 건드릴 수 없는 딱딱한 벽을 쳐 두고, 당시로서는 한 치 앞도 상상할 수 없었던 세상에 자신을 던져 버린 나 자신을 진심으로 가엾이 여긴다.

지금, 이 순간 그 소년이 눈앞에 존재한다면, 다독여 안아 주고 응원해 주고 싶다. 조금은 어른인 내가 되어.

열여덟의 하루

학교에서 사라진
열여덟의 하루는
그리 특별할 것 없었다.

일찍 일어나야 할
이유는 사라졌지만,
이른 새벽에 일어나,

운동을 하고,
아침을 챙겨 먹고,
동네 독서실로 향했다.

아무도 없는 독서실,
익숙한 자리에 짐을 두고,
다시 바깥으로 향한다.

휑한 작은 항구길.

방파제 띄엄띄엄,
긴 낚싯대를 놓고,
바다를 바라보는 아저씨들.

그 사이에 자리를 잡고,
낚싯대는 없지만,
따라서 바다를 응시한다.

아무 일도 일어나지 않고,
아무 곳에도 속하지 않고,
아무것도 아닌 상태가 되는 것.

둥둥.

그것이 가장 필요했다.

세상과 나를
제삼자로서 바라볼 수 있도록.

작은 오두막

세상의 **제삼자**가 된다는 것은,
나와 바깥의 세계가 분리되는 것.

작은 오두막을 짓고,
슬그머니 바깥을
살펴보는 것과 같았다.

관찰자가 되었을 때,
그제서야 일어난 관심들.

세상 돌아가는 이야기와
영화, 드라마, 그리고 소설들.
그리고 아름다운 음악들.

오랫동안 꺼내어 보며,
진심으로 사랑하게 된
이야기들도 이때 생겨났다.

이야기들로 피어난 생각들은
견고한 오두막 속에 머물렀다.

서서히 데워지듯,
흐르고, 돌아가고,
부풀고, 달라지며,

깊고 담담한
나의 언어가 되어,
차곡차곡 쌓여 갔다.

혼자의 시간

혼자 지내는 시간들이
외롭지는 않았을까?

혼자 기본값 인간에게
그건 의미 없는 걱정이었다.

기본값으로 설정

종종 적막감을 깨기 위해
혼잣말이 많아지긴 했지만,

혹은 말하는 법을 까먹을까 봐.

고립되어 있는 상태만으로
결핍감이 일어나지는 않았다.

오히려 여럿 속에서
잦은 파도와 바람에
서서히 소진되며,

쏴—아

혼자의 순간에야
비로소 잠잠해지고,
차오르는 유형의 사람.

타닥.

타닥.

사람을 좋아하고,
애정도 필요로 하지만,

의외로 꽤 많이 아주.

그에 못지 않게
나에게 쏟는 시간도

자신에게 건네는 연민과 애정까지.

스스로 체감할 수
있어야만 하는 인간.

그래서 벗어난 길은
늘 혼자 걷고 걸었다.

다시 속할 순간을 위한
충전, 혹은 준비,

그리고 자유였기 때문에.

나름의 성취

평범하지 않더라도,
꼭 필요하지 않더라도,
나름의 성취를 찾아보기로 했다.

첫 번째는 건강해지기.

우려 4.2kg로 태어나,
단 하루도 말라 본 적 없는
나를 한번 바꿔 보고 싶었다.

하루도 빠짐없이 운동하고,
적고 건강하게 먹으려 노력했다.

단순하지만 고통스러운
다이어트 진리.

6개월쯤 지나니,
꽤 가벼워졌고 건강해졌다.

마음도 따라 가벼워졌다.

두 번째는 일해 보기.

가능하면 쉽지 않고,
익숙하지 않은 일.

신문 배달을 했다.

오토바이를 타고,
온 동네를 뛰어다니고,
한밤부터 동이 틀 때까지.

기나긴 새벽 끝에
피어오르는 아침을
마주하는 것만으로

나에겐 매일의 성취였고,

세상의 다양한 모습들.

다르고, 어둡고,
아프고, 힘든.

절대 알아채지 못했던 것들을
깊게 실감한 순간이었다.

모르는 사이에,
나름의 성취들은

열아홉의 나를
조금씩 다듬어갔다.

그렇게 나의 인생 첫 도망은
끝에 다다르고 있었다.

들어선 길

다시 돌아오는 것은
의외로 간단한 일이었다.

자퇴 후, 다시 찾아온 봄.
나는 검정고시를 보았고,

그해 초겨울에는
수능 시험장에 앉아 있었다.

원래의 길로 돌아갈
준비가 되었다기 보다는

어떤 믿음이 생겼다.

위태로운 순간이 찾아오면,
언제든 잠시 벗어나면 된다는.

그것은 벗어난 길에서
발견한 나의 약함과
강함에 대한 인정이었다.

가족이란
보호막의 존재,

세상을 관찰하는
제삼자의 시선,

외롭지 않을
혼자 기본값의 습성,

나름의 성취를 이룰
작은 용기들까지.

적어도 내 삶에서
도망치지 않기 위해,

또 다른 도망의 길을
선택한다면,

언젠가는 꽤 거대하고 멋진
하나의 여정이 되어 있지 않을까.

시시한 결말

———

끝을 알고 나면 오히려 시시해진다.

다시 세상으로 돌아가기 위한 가장 큰 관문은 수능 시험이었다. 수능 시험이란 모든 학생에게 가장 중요한 이벤트임이 분명하지만, 나에게는 조금 의미가 달랐다. 학교를 그만두고 2년 정도는 수능 시험을 내 인생의 중심에 두고 살지 않았다. 그래서 돌아올 결심을 하게 된 계기는 노력에 대한 평가를 바란 것이었다기보다, 다가올 길에 대한 호기심에 가까웠다.

'이 길의 끝은 어디로 향해 있을까.'

다가온 수능 당일, 확실히 부담감이 덜했던 걸까, 나는 비교적 아무렇지 않게 시험장으로 향했다. 시험장 입구에는 여러 주변 학교에서 나온 응원단이 옹기종기 모여 구호를 외치고, 손뼉을 치며, 또 종이컵에 따뜻한 차 한잔을 건네며, 그들의 선배들을 응원했다. 한편에 나의 예전 학교도 보였다. 나도 2학년 때, 수능 날 응원을 나갔던 기억이 잠깐 떠올랐다. 문득 내가 학생의 신분으로 교복을 입고 응원받으며 입장을 하는 모습을 상상해 보았지만, 아무래도 조용히 들어가는 편이 나에게는 더 맞는 듯했다.

공부는 거의 하지 않았지만, 그래도 어느 정도 수준은 기대하고 있었다. 학교에 다닐 때는 성적이 곧잘 나오는 편이었고, 나름 시험 운도 있는 편이었기에 못해도 2지망 정도의 대학교는 갈 수 있지 않을까 하며 수능 시험을 치렀다. 하지만 그것은 자만이었고, 기대는 무참히 깨져 버렸다.

1교시가 넘어가고, 2교시 수리 영역의 문제를 풀다 보니 뭔가 단단히 잘못되어 가고 있음을 실감했다. '망했구나.' 특히 주관식 문제들의 답을 OMR카드에 옮겨 적으며, 도대체 정답이 무엇인지 몰라도 지금 적는 숫자가 오답인 것만은 확실했다. 어떤 다른 핑계를 댈 필요도 없이, 그 중요한 시험을 치르기에 나의 수준은 한참 부족했다. 아무도 쳐다보지 않았지만 부끄러운 마음이 들었다. 오후 내내, 얼굴에 붉게 열이 오른 채로 문제를 겨우 풀어내느라 시간이 어떻게 흘러갔는지 잘 떠오르지 않는다.

그렇게 시험은 끝이 났다. 여러 표정의 학생들과 함께 시험장을 나와 가파른 내리막길을 털레털레 내려왔다. 큰 도로에 내려와 조금 걷자 교복을 입은 학생들은 점차 사라졌다. 이미 해는 져서 세상은 깜깜했지만, 넓은 도로 위에서 하얗고 붉은 빛들이 빠르게 스쳐 지나가고 있었다. 눈물 한 방울을 '툭'하고 떨어뜨리며 나는 조용히 집으로 향했다.

시험의 결과는 학교를 그만두기 직전의 성적과 비교하면, 훨씬 못하였다. 하고 싶은 대로 지낸 생활의 값을 치른 것이 겠지만, 2년 가까운 시간을 믿고 지켜봐 준 엄마에게는 참 미안한 일이었다. 그 점수로는 3지망이었던 학교도 간당간당한 수준이었기에, 재수도 어느 정도 결심을 해 놓았지만 천만다행하게도 추가 합격으로 문턱을 넘기듯 대학에 합격했다.

나의 첫 도망 이야기는 이런 모양으로 결말을 맞이했다. 개운치 않은 느낌으로 어영부영 끝나는 듯. 하지만 생각만큼 실망감이 크지 않았다. 가장 두려웠던 것은 어쩌면 이 길이 끝나지 않을 수도 있다는 것이 아니었을까. 어떤 확실하고 극적인 성취가 아닌, 단지 다음으로 나아갈 수 있는 매듭이 필요했던 것이니까.

그런 면에서는 나름 해피엔딩이었다. '해피'에도 크기와 종류가 다양하겠지만, 나의 것은 아담하고 적당한 크기, 끝과 시작, 개운함과 설렘이라는 유형의 어떤 것이었다. 조금 미지근하고 슴슴하긴 해도, 분명 나에게는 행복한 결말이었다.

2부

여름의 해

지나친 계절

계절에 나의 기분이
따라가기에 한참 버거워
금방 지쳐 버릴 것만 같다.

이런 내가 이십 대 초반,

여름뿐인 작은 도시에서
한 해를 보냈던 적이 있다.

그때는 잘 몰랐지만,

비에 짓눌리고,
가늠할 수 없이 먹먹한

요즘의 여름을 지나다 보니,

그 여름 같은 여름이
문득 그리워졌다.

나의 인생에서
가장 한여름 같았던

그 순간들을 떠올려 본다.

여름 동네

호주 북부의 작은 휴양지,
팜 코브.

크고 작은 리조트와
식당과 카페가 즐비한
자연 속의 아늑한 휴양지.

그곳에서 나의 하루는
조금 이르게 시작되었다.

새벽녘에 눈을 뜨고,
낡은 자전거를 이끌고 나와
칠흑 같은 바다를 지나친다.

아름다움을 느낄 새도 없이
파도 소리와 바람을 가른다.

해변에 빛과 생기가 돌쯤,
바쁜 하루의 일이 끝이 난다.

새벽보다는 한결
여유로운 마음으로
바람을 거꾸로 가른다.

걷고 뛰는 동네 주민들.
곳곳 행복한 표정을 지은
가족과 커플 여행객들.

꿈만 같은 장소에서
나는 비교적 현실을
살아 내고 있었지만,

워홀러의 삶이란.

군데군데 나에게도
숨통 같은 순간들이 있었다.

작은 수영장

한물간 리조트를 개조한
작은 아파트에 살았다.

현관문을 열자마자 바로
소박한 수영장이 딸려 있었는데,

가끔 오리 친구들이 쓰기도 한다.

한여름 40도가 훌쩍 넘는,

한낮의 뜨거움을 식히기엔
더할 나위 없었다.

짧은 거리를 왔다 갔다,
둥둥 떠 있기도 하지만,

고개를 살짝 젖혀,
온몸의 힘을 빼고,
숨을 길게 내뱉는다.

서서히 가라앉은 몸은
수영장 바닥과 가까워진다.

일렁이는 수면을
커다란 렌즈 삼아,
하늘을 올려다본다.

마치 하늘을 거꾸로
내려다보는 것 같기도.

거대하고 평온한 물의 울림과
무엇도 당기지 않는 자유로움에

웅웅.

둥둥.

피부 가장 바깥부터
마음의 깊숙한 곳까지,

온도가 차분히 가라앉곤 했다.

우연한 위로

잠깐 레스토랑에서 일하며,
버스로 1시간이 넘는 거리를
출퇴근한 적이 있다.

꽤나 괴팍했던 헤드 셰프에게
온갖 다채로운 영어 욕을 들은 날.

xxxx!

xxxx!

밀려든 팬과 접시를 모두 닦고,
가득 찬 음식물 쓰레기통을 비우고,

레스토랑의 문을 닫고 나갔다.

막차의 시간이 빠듯해,
곧장 버스로 내달렸다.

버스에 올라선 순간 알아챘다.
지갑에 단 한 푼도 들어있지 않음을.

기사님께 비는 수 밖에 없었다.

정말 미안한데...
집에 갈 방법이 없어...

핀잔을 들으며, 겨우 올라탔다.

돌아오는 내내,
기분이 울렁울렁,
밍숭맹숭했다.

내리면서 기사님에게
감사 인사를 하려는 찰나,

먼저 그는 말을 건넸다.

'괜찮으니까 힘내.'

그 짧은 응원 한 마디가
오랫동안 지워지지 않았다.

다시 힘내 보기로 했다.

돌아오는 티켓

결국 한국으로 돌아오는 티켓을 끊기로 마음을 먹었다.

그 생각을 결정짓기 불과 한 달쯤 전이었을까. 그때까지만 해도 함께 호주에 갔던 오랜 친구 선호와 나는 희망차게 시작해 보자는 마음이었다. 주에 140불짜리 작은 방을 하나 구해 함께 살았다. 딱 침대 하나 들어가 있는 방이라 주인에게는 혼자 살 것이라고 거짓말을 하고, 에어 매트를 깔고 교대로 잠을 자며, 그렇게 본격적인 구직 생활을 시작했다.

적은 수입의 고된 일 하나를 겨우 구해 냈다. 이제 할 수 있는 거라고는, 제대로 된 일을 구하기 위해 이력서를 돌리는 일뿐이었다. 아마도 족히 50장 이상은 돌렸던 것 같다. 여러 해변과 시내의 모든 레스토랑, 호텔, 카페를 돌았다. 40도가 넘는 날씨에도 어디선가 좋은 인상을 주려면 깔끔하게 입어야 한다는 이야기를 듣고는 기어코 긴 소매의 회색 옥스퍼드 셔츠를 걷어입은 채, 등이 땀에 흥건히 젖은 채 돌아다녔다.

여름이 주는 새파란 바다도, 푸르른 자연도, 활기 넘치는 휴양지도, 살길을 찾지 못한 이들에게는 그저 지지리도 더운 계절, 그뿐이었다.

해가 질 때쯤이면 겨우 집으로 다시 돌아와 핸드폰만 바라보고 있었다. 단 한 군데서도 연락은 오지 않았다. 어쩔 수 없는 노릇이었다. 내일을 기약하는 수밖에. 저녁을 이미 넘긴 시간에 우리는 고픈 배를 붙잡고, 터덜터덜 시내의 마트로 향했다. 다른 곳은 딱히 쳐다볼 것도 없이, 마감 세일 스티커가 붙은 반값의 로스트 치킨 한 마리를 사서 한밤에 늦은 저녁 겸 야식을 먹으며 다음날을 기약했다.

하지만 다음날이 되어서도 여전히 답은 없었다. 더 이상 이력서를 돌릴 곳도 없었기에, 결국 돌아가는 티켓을 끊어야겠다는 마음에 다다랐다. 티켓의 날짜는 아마 다음 방세를 내야 하는 날이 오기 직전이 될 거라는, 나와 선호 사이의 암묵적인 동의도 있었다.

설상가상 마트에서 산 싸구려 에어 매트리스는 딱딱하고 거친 돌 타일에 구멍이 나는 바람에 공기가 다 빠져 버려, 자고 일어나니 맨바닥에서 자고 일어난 꼴이 되었다. 아침에 일어난 후 알아챈 그 광경에 어이없는 실소가 나왔지만, 속으로는 참 서럽기도 했다. 이미 자존감이 많이 떨어져 있고 몸도 지쳐 있는 상태였기에, 차라리 돌아가는 것이 낫겠다 싶었다.

며칠이 채 지나지 않아, 문득 모르는 번호로 전화가 왔다. 싸한 느낌에 바로 전화를 받으니 다짜고짜 영어로 인터뷰가 시작되었다. 혹시 몰라 등록해 놓았던 에이전시에서 연락이 온 것이었다. 정식 인터뷰가 새로 잡혔다고.

그렇게 일사천리로 일을 구하게 되었다. 5성급 리조트의 '하우스맨'이란 직무였고, 시급도 좋고, 일도 수월하며, 근무 환경도 좋았다. 선호도 동시에 같은 리조트에서 일을 시작하게 되어 별안간 모든 문제가 해결되어 버렸다. 벼랑 끝에서 우리는 살아남았고, 비교적 수월한 호주 생활이 본격적으로 시작되었다. 그 뒤에도 크고 작은 어려움이 있긴 했지만, 커다란 산을 한번 넘은 우리는 그다지 두려운 것이 없었다.

호주에서 머물렀던 1년의 세월 중에 앞서 얘기한 그 시간은 불과 한 달이 채 되지 않는다. 하지만 그때만큼 밀도 높게 에피소드가 넘치는 시간은 또 없었다. 마치 호주의 바닷바람

맛처럼 '짠 내'나는 순간들. 신이 야속하다고 해야 할까, 항상 해소는 위기의 막바지에 일어난다. 끝까지, 또 끝까지 가야만 넘어간다. 아무도 몰라주어도 작은 방에서 함께 하루를 버티고 또 하루를 버티며 나름의 이유를 찾았던 그 기억이 이제는 바닷물처럼 잘게 반짝거린다.

소리치고 싶은 날

소리를 치고 싶은 순간들이 있다.
아님 목이 터져라 노래를 부르거나.

하지만 고요한 휴양지에
마음 놓고 소리칠 만한
장소는 마땅치 않았다.

노래방 가고 싶네.

그니까.

파도 소리와 바람 소리가
끊임없이 몰아치고 부딪히며,

철썩.

철썩.

세상의 모든 소리를 삼켜,
주변을 온통 적막하게 만든다.

그런 바다를 마주 보며,
온 힘을 다해 노래를 불렀다.

소리는 조각조각 부서져,
메아리조차 치지 않았다.

쏴아.

어수선한 감정도 함께
잘게 흩어졌다.

그때 자주 불렀던,
YB의 흰수염고래.

우리도 언젠가
흰수염고래처럼 헤엄쳐.
두려움 없이 이 넓은 세상
살아갈 수 있길.
그런 사람이길.

어둠 저 너머, 자유로이 유영하는
거대한 고래까지 닿길 바라며.

낙엽의 시간

해변을 마주한
아름다운 리조트에서
반년 정도 일을 했다.

나의 직무는 '하우스맨',
사실상 온갖 심부름 담당.

테드, 201호에
수건하고 와인 잔 좀
갖다주겠니.

그중 기억나는 것은
밤사이 온통 떨어진
나뭇잎을 치우는 일.

부앙.

큰 수영장, 작은 수영장,
루프탑, 로비와 복도,
해변 오솔길까지.

난 하우스맨인가,
낙엽맨인가.

말끔한 바닥과 물위로
하나둘, 다시 떨어지는 낙엽.

그 사이에서 하루를 즐기는
여행객들을 바라보고 있자면,

마치 내가 그들에게
자연의 변화를 선물한 양,

혼자 뿌듯해하곤 했다.

의미 없는 일은 없지.

화요일의 치킨

가끔 그때를 추억하면,
빠지지 않는 것이 있다.

바로 '화요일의 치킨'.

매주 화요일이면,
KFC에서 치킨을
거의 반값에 살 수 있었다.

화요일이 오면, 오전부터 설렜고,

퇴근하자마자 무언의 약속처럼
곧장 치킨을 사 왔다.

10불짜리 치킨과
2불짜리 커다란 칠리소스,
2-3불쯤 했던 맥주 한 캔.

해변을 바라보고 먹다 보면
세차고 짭짤한 바닷바람에
금세 식고 눅눅해졌지만,

동네의 주인

동물을 사랑하는 사람으로서
그곳은 천국이 따로 없었다.

하나하나 나열만 해도

신비롭고 아름다웠던
지난 기분이 되살아난다.

밤마다 들판을 뛰어다니던
왈라비 대가족들.

캥거루 미니미들.

마치 다른 세계에 온 듯한
하얀 앵무새 떼.

푸드덕.

푸드닥.

이게 호주구나.

원색 물감에 빠진듯한 삼색조.

플라스틱 장난감인 골.

선명한 초록의 청개구리.

묵직하고 근엄한 자태의
왕도마뱀 친구.

쿨하게 제 갈 길 가는구나.

영금.

절대 마주쳐서는 안 될,
악어 선생님까지.

제각각의 생명체들은
가장 자연스러운 방식으로
제자리에서 지내고 있었다.

사람은 그들에게 아주 잠시,
일부만 빌려 살아가는 동네.

혹은 이 지구란 곳 모두.

조용하게, 방해하지 않고,
머물렀다 가기로 했다.

쏟아지는 별

낮 동안 뜨겁게 소진되어,
헛헛한 밤들이 종종 있었다.

하루를 급급하게 살며,

새로운 경험과 도전,
번듯한 성취 같은 것들. ─

처음 도착했을 때의
바람과 다짐들은 흩어졌고,

내가 있어야 할 곳이
이곳이 아닌 듯한 기분에
바닥만 응시하며 걸었다.

가로등은 점차 듬성듬성,
눈앞의 길이 희미해질 때쯤,

자연스레 빛이 느껴지는,
하늘을 향해 고개를 들었다.

하늘은 훨씬 가까이 있었다.

수천억의 작은 빛들이 모여
어둠을 빈틈없이 채웠고,

하나의 길을 이루어,
웅장하게 흐르고 있었다.

저들 어딘가에서 바라본 나도,

하나의 빛의 자리를 차지하고,
커다란 흐름을 이루고 있겠지.

모든 것에는 특별한 의미와
필연적인 이유가 있을지도.

감히 알아낼 수는 없지만.

어디에서든, 언제든,
순간을 소중히 여기기로 했다.

뜨거운 계절

사실 호주에서의 1년은
지치는 날들이 훨씬 많았다.

경험 삼아, 혹은 돈을 벌겠다는
막연한 생각만으로 떠났으니,

당연히 모든 것이 난관이었다.

외국인의 신분으로,
이력서를 돌려 일을 찾고,
해 본 적 없는 일을 하고,
살 만한 집을 구하고,
새로운 사람을 만나는 것 모두.

점차 맑은 공기와 햇살,
풍경 따위에 무감각해졌고,

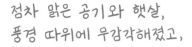

돌아가고 싶지만,
돌아가면 또 무엇이 있을까.

숨이 턱턱 막히는
아득한 생각들만 가득했다.

하지만 이제는 그때의
어려움이 잘 떠오르지 않는다.

오히려 되약볕만큼 뜨겁게

부딪히며 내달렸던
그 어린 날이 아련하고,

순간순간 스쳐 지나가며
나의 열기를 식혀 주었던,

선선함과 촉촉함이 더 선명하다.

어쩌면 여름이란 계절은
그 한가운데를 지날 때보다,

지나간 후에 더 애틋하고,
그리워지는 계절이 아닐까.

다시 돌아갈 수는 없지만,
종종 꺼내어 추억할 생각이다.

생애 가장 여름이었던 그해를.

못다 한 것들

———

호주에서 돌아온 후, 줄곧 생각나는 '하지 못한 것'들이 있다. 예를 들면, 서핑, 래프팅, 사막 여행, 로드 트립과 같은, 그곳에서만 할 수 있을 법한 액티비티나 여행들. 특히 나의 버킷 리스트 중 하나였던 '스카이다이빙'을 하고 오지 못한 것은 참 아쉽다.

왜 하지 못 했냐고 하니, 뻔하지만 '돈' 때문이었다. 나름대로 고생하며 지낸 시간들이 아까워, 그곳에서 번 돈을 쉽게 쓰지 못했다. 그리고 돌아갔을 때의 학비, 생활비, 또 방세를 생각하면, 자유롭지 못한 마음이 드는 것도 당연했다.

그렇지만 '하지 못한 것'에 대해서만 떠오르는 것이 조금은 분해서, 거꾸로 한번 생각해보기로 했다. 그곳에서 '한 것'들에 대해서.

망고 철이 되자, 동네 나무들에는 주먹보다 훨씬 크고 실한 망고들이 주렁주렁 달렸다. 얼마 지나자 그 무게를

119

이기지 못하고, 도로와 들판은 떨어진 망고들로 가득해 졌다. 물러 터진 망고 중에 기어코 성한 것들 몇 개를 찾 아내, 깨끗하게 씻어 먹어 보았다. 잊을 수 없는 생애 가 장 달고 맛있는 망고였다.

삐그덕거리는 중고 자전거를 팔겠다고, 땡볕에 3시간이 넘는 거리의 고속도로 위를 자전거로 달려갔던 기억. 그 렇게 시내에 도착하여 중고로 산 가격에 그대로 다시 팔 고, 뿌듯하게 버스를 타고 다시 돌아왔다. 지나고 보니 하루짜리 자전거 로드 트립을 한 것이나 다름없었더라.

걸어서 30분 거리의 옆 동네 해변에는 바지락이 발에 챌 정도로 많았다. 플라스틱 양동이에 가득 바지락을 캐 와, 면까지 직접 반죽하여 바지락 칼국수를 끓여 먹었 다. 비록 해감이 잘 안되어 모래가 좀 씹히긴 했지만, 타 지에서 느낄 수 없는 칼칼한 국물과 쫄깃한 면발, 첫 시 도 치고는 나름 성공적이었다.

세계에서 제일 큰 산호초가 있는 '그레이트 배리어 리 프'를 보고 왔다. 그래도 액티비티 하나 정도는 하기로 마음을 먹고 고르고 골라 선택한 것이었다. 결과는 대

만족이었다. 하루 종일 바다 인공섬에 머물며, 형형색색의 니모 같은 열대어들과 스노클링하고, 깊은 바다의 바닥까지 스쿠버 다이빙도 했다. 세상에서 제일 못생긴 파란 거대 물고기와 꼭 붙어 찍은 사진은 아직도 가끔 꺼내 본다.

하나하나 떠올려 보면, 한 것들에 대한 기억들이 차고 넘친다. 하지 못한 것을 곱씹으며 아쉬울 필요가 없었다. 남은 기억들은 그 시절, 그 나이답게 멍청하지만 대담했고, 어설프지만 또 솔직하다. 어쩌면 누구나 떠올릴 법한 액티비티보다는 훨씬 희소성 넘치고, 입가에 미소가 저절로 지어지는 일들이기도 하다.

참 다행이었다. 내가 인생에서 한 선택 중 잘한 것, 다섯 손가락 안에 분명히 들테다. 이십 대의 초반에 무모하게 떠나 본 일. 최선을 다해 아등바등해보고, 가진 것 없어도 낭만과 즐거움을 놓치지 않았던 순간이었다. 지금은 더 이상 하고 싶어도 할 수 없는 일이 되어 버렸다. 그때보다 순수함은 많이 잦아들어 버렸고, 이미 워킹홀리데이의 나이 제한도 넘어 버렸기에.

함께 지냈던 선호와는 종종 그때의 이야기를 나눈다. 그리고 이야기의 결론은 늘 '한 번쯤은 다시 호주에 가 보고 싶다.'로 끝난다. 신기한 것은 둘 다 다시 그곳에 간다면, 그때 하지 못한 것들을 하기보다는, 예전에 살던 동네, 일했던 리조트, 자주 가던 마트와 식당, 그리고 추억과 에피소드가 서린 곳들을 하나하나 찾아가 보고 싶은 마음이다.

아마도 우리는 그 나라를 그리워하는 것이 아니라, 언제나 그 시절, 그 계절을 그리워하고 있기 때문이 아닐까.

3부

작은 스케치북

아빠의 기록

나의 기억에 아빠는 딱 두 번,
나를 위한 기록을 남기셨다.

내가 7살쯤 되었던 때,
아빠의 직장으로 인해
가족이 흩어질 뻔했을 때,

사진들과 짧은 글을 기록한
16절의 작은 스케치북.

그리고 24살의 가을,
아빠가 돌아가시고,
며칠이 지나 엄마가 건네준,

마지막 말을 눌러 담은
손바닥 크기의 노트 패드 1장.

아빠와 내가 연결된 기록.

그것들이 전부였다.

문득 위기감이 들었다.

아빠와 나 사이의
모든 시간의 유효 기간은

오로지 내 기억의
수명과 같다는 사실에.

서둘러 옮겨 놓지 않으면,
어느새 사라질지도 모른다.

툭.

처음으로 아빠를 향한
꼼꼼한 기록을 남겨 보고 싶다.

오롯이 나를 위해서.

쉬운 질문

'엄마가 좋아? 아빠가 좋아?'

어린 시절의 나는
망설임 없이 답을 했다.

'아빠.'

단순하고 어이없는 이유지만,
아빠가 나를 쉽게 드는 것이 좋았다.

두꺼운 두 손, 혹은 한 손으로
나를 움켜잡고, 번쩍 들어올려,

가끔 거꾸로
매달리기도.

든든한 어깨와 두 팔뚝 위에
가볍게 털썩 올려놓았다.

그렇게 나를 들쳐업고,

차도 없었기에,
늘 버스로, 지하철로.

주말이 되면 산으로 바다로,
놀이공원으로, 어딘가로 향했다.

키를 훌쩍 넘는 시선으로
생소한 세상을 구경시켜 주며,

마치 아기엄마의 마음으로.

어디든지 나를 품고,
새로운 곳으로 데려다주는,

영웅과 같은 존재.

하지만 내가 점점 자라며,

아쉬움과 원망도
함께 자라며.

그도 그리 강한 존재가
아니었음을 깨달았고,

어느 순간 그 질문에

...

결코 '아빠'라고 쉽게
대답할 수 없게 되었지만,

어린 날의 나에겐
무엇보다 거대하고 강한
유일무이한 존재였다.

작은 스케치북

어린 시절 아빠의 직장으로 인해,
이사를 자주 다녀야만 했다.

부산 → 서울

그러다 초등학교 1학년쯤,
가족이 따로 살 일이 생겼다.

아빠는 서울,
엄마와 나는 부산.

아빠는 떠나기 얼마 전,
무언가를 건네주셨다.

?

평범한 16절의 작은 스케치북.

SKETCHBOOK

~ 아들에게 아빠가 ~

한 장마다 손수 붙인 사진과
듬성듬성 써 내려간 짧은 글들.

아빠의 젊은 시절부터,

일본에서 잠깐 지내던 때란다.
어때. 아빠 꽤 멋있지 않니?

엄마를 만나, 결혼을 하고,

신혼여행 때의 엄마란다.
참 앳되고 예뻤단다.

듬직하고 잘생겼다.
아들.

기억나니.
늘 너를 안고 다니였지.

내가 태어나고 자라나던 순간들.

그리고 작은 바람과 믿음까지.

아빠 금방 돌아올 테니,

그날까지 엄마랑
건강하고 늠름하게 지내렴.

두꺼운 종이 위에
포근하게 눌러 담은,

모든 마음을 기억한다.

비디오 가게

나에겐 어렴풋한 기억이지만
아빠는 비디오 대여점을 하셨다.

광안리 근처 주택가 사이,
길 한편의 소박한 가게.

세강비디오

산식당

광안

비디오

아빠는 회사를 그만두고,
작은 가게가 하고 싶었고,

나름 무난할 것이란 생각에
덜컥 뛰어든 비디오 대여점.

철컥.

하지만 호락호락하지 않았다.

멋모르고 인수한 그곳은
전 주인이 인기 많은 비디오는
이미 다 팔아 버린 상태였고,

신프로 1박 2일

손님을 찾아보기 힘든,
진즉 망해 가던 가게에
제 발로 들어온 것이었다.

도르르르.

도르르르.

결국 1년도 채 되지 않아,
가게를 접을 수 밖에 없었다.

세강비디오

분명 뼈아픈 실패의 스토리지만,
아빠는 늘 그 순간을 말하길,

인생에서 가장 많은 영화를
본 날들이라고 추억하셨으며,

나도 온갖
어린이 시리즈를
섭렵했다.

나에게도 그곳의 기억은

신기함과 즐거움으로
은은하게 남아 있다.

행복의 세상

아빠는 늘 말씀하셨다.

"어렸을 때 놀이공원이란 놀이공원은 다 데리고 다녔었는데 기억나니?"

기억이 날 리 만무하다. 아빠가 말하는 어렸을 때란 내가 5살이 되기 전까지 경기도 여기저기를 전전하며 살던 시절이었기 때문에, 기억이란 게 제대로 만들어지기도 전이었다. 이제야 상상해 보면 참 대단한 일이기는 하다. 우리 가족은 단칸방에 지내며 여유 없는 생활을 이어 나갔던 시절임에도, 아빠는 여기저기 나를 데리고 놀러 가는 일에는 늘 진심이셨다. 작은 아이를 들쳐 업고, 대중교통을 타고, 수많은 인파를 뚫고 돌아다닌다니, 나로서는 쉽게 상상이 되지 않는다.

기억은 없어도 무의식에 각인된 감정만은 남아있는 것인지, 나는 여전히 놀이공원을 좋아한다. 한두 해가 지나갈수록 놀이공원에 갈 일은 점점 희박해지지만, 그곳을 생각하면 저절로 기분이 좋아진다. 대관람차, 롤러코스터, 회전목마, 퍼레이드, 솜사탕, 핫도그, 아이스크림.

초등학교 5학년쯤에 가족과 놀이공원을 간 적이 있다. 경주 월드. 부산과 경남권 아이들에게는 한두 번쯤은 추억으로 남아 있는 놀이공원. 다른 놀이공원들에 비해 특별한 것은 없었지만, 아이들에게 하루의 소소한 행복을 남기기에는 더할 나위 없었다.

하지만 그 사이에 은근히 몸과 머리가 커 버렸는지, 마음속으로는 이것저것 타고 싶은 것도 많고 해 보고 싶은 것도 많았지만 쉽게 흥이 나지는 않더라. 엄마와 아빠는 놀이기구를 못 타셨고, 그렇다고 나는 형제가 있는 것도, 친구와 함께 간 것도 아니었기에 혼자 타는 것이 눈치가 보이기도 했다. 그래서 적당히 몇 개의 놀이기구를 타고, 여기저기를 구경하듯 쓱 둘러보고 오래되지 않아 다시 돌아 나왔다. 그게 아마도 우리 가족이 마지막으로 함께 놀이공원에 갔던 기억이다.

하루가 마냥 아쉬웠던 것은 아니다. 그것 나름대로 좋았고, 가족여행은 언제라도 좋았으니까. 하지만 나는 이미 어렴풋이 아프고 어두운 것들에 대해 알아 가며, 놀이공원 담장 너머 세상은 마냥 꿈과 희망의 세상이 아니라는 것을 알아 버렸기에 그렇게 느꼈을지도 모르겠다. 아이 같이 뛰고 웃으며 보낸 시간이 길지 않아서, 더 이상 나와 놀이공원은 어울리지 않는 기분이었다.

기억 속에 없는 4살까지의 내가 부러웠다. 얼마나 즐거웠을까. 아무것도 모르고 사랑받던 아이에게 그 하루란 얼마나 완벽했을까. 하지만 동시에 안도한다. 그 시절이 있기에, 그럼에도 불구하고 나는 여전히 놀이공원을 동경할 수 있다.

훗날 아이의 아빠가 된다면, 다른 것은 몰라도 하고 싶은 일 하나는 분명하다. 아이와 함께 놀이공원에 다니기. 어려서 기억에 남지 않더라도, 탈 수 있는 놀이기구가 거의 없을지라도, 대관람차에 꼭 붙어 앉아, 귀엽고 사랑스럽게 움직이는 세상을 보여 주고 싶다. 가까운 곳들부터 아주 먼 곳까지. 나도 가 보지 못한 디즈니랜드, 유니버설 스튜디오, 그리고 세계 곳곳의 다른 환상의 세상들도 꼭 가 볼 테다. (아이보다 내가 더 즐거워할지도 모르겠다.) 그 순간만큼은 어른들이 만들어 놓은 가짜의 세상인 것은 하나도 상관없다. 나도 아이의 눈으로 의심 없는 진짜 행복만을 바라볼 테니까.

그리고 언젠가 조금 커 버린 아이에게, 어깨를 살짝 으쓱하며 묻고 싶다.
"어렸을 때 놀이공원이란 놀이공원은 다 데리고 다녔었는데 기억나?"

주말의 맛

흔히 옛날 아빠들의 주력 메뉴는
엄마보다 낫다고들 말하는데,

아빠에겐 그런 메뉴가
나름 몇 가지 있었다.

주로 한 그릇 메뉴들.
잔치국수, 수제비, 칼국수, 김치죽 등등.

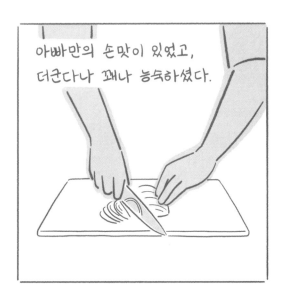

아빠만의 손맛이 있었고,
더군다나 꽤나 능숙하셨다.

그 이유라면,

전투 경찰 군 복무 시절,
해안의 작은 파출소에서
홀로 취사를 담당하셨고,

각각의 취향을 맞추기 위해
많은 고생을 했다고 하셨다.

무심하게 숭덩숭덩 썰은 재료와
양념은 계량 없이 오로지 감으로.

약간의 자본주의 맛 첨가.
맛이 없을 수가 없다.

설렁설렁 뚝딱.
순식간에 완성.

151

비주열은 심심하지만,
적당히 자극적이면서도,
쉽게 물리지 않는 맛.

후루룩.

사실 진짜 기억은 맛보다,

가공 엄마가 외출한 날.

아빠와 둘만 있는 어떤 주말,
TV소리가 흐르는 테이블.

음식 한 그릇씩을 앞에 두고,
마주 앉아 몇 마디 대화를 나누던

그때의 슴슴한 분위기가
기분 좋은 맛이 되어 남아 있다.

운전의 표정

아빠는 운전을
좋아하고, 잘하셨다.

능숙하고 안전하게,
부드럽고 느긋하셨다.

한 번도 화를
내신 적이 없다.

내가 사춘기를 지나며,
아빠에게서 빛보다 그늘을
더 자주 마주하게 되었지만,

핸들을 잡고 계실 때만큼은
충분히 자유롭고 여유로우셨다.

그렇게 운전을 즐기셨기에,
좋은 차에 대한 로망이 있으셨다.

특히 묵직하고 커다란 지프차.

나중에 내가 돈을 많이 벌면,

멋진 새 차를 뽑아드리겠다고,
마음속으로 늘 다짐했었다.

효도라는 바람직한
마음이었다기보다,

더 이상 아빠에게서 희망이나
의지가 사라진 표정이 아닌,

자신감 넘치고, 으쓱하신
표정을 보고 싶었기 때문이다.

아빠의 마지막 차를 살 때,
조금의 돈을 보탤 수 있었다.

길지 않은 시간이었지만,
꽤 만족하며 운전을 하셨다.

다행이라는 마음,
하지만 동경하던 차는
사 드릴 수 없게 된 아쉬움.

두 가지 마음이 여전히 남아 있다.

이루지 못한 꿈

아빠에게도 어린 시절의
꿈이 있었다고 한다.

바로 군인이 되는 것.

멋진 직업 군인을 동경했던 아빠는
사관 학교로 진학하려 하셨지만,

할아버지의 강한 반대로
결국 꿈을 포기하셨다.

선생님이셨던 할아버지는 자식들은
공무원이 되지 않길 바라셨다.

인생에 가정이란 없지만,
아빠가 군인이 되는 모습을
한 번쯤 상상해 본다.

젊었을 때는 힘도 세고,
탄탄한 몸에 체력도 좋으셔서,

훈련들을 훌륭히 해내셨을 테고,

꼼꼼하고 깔끔하신 성격에
다정하고 따뜻한 모습도 있어,

괜찮은 지휘관이 되지 않았을까.

그리고 무엇보다도,

그 꿈이 아빠에게 꼭 맞았더라면,

그 후로 오랫동안 방황하며,
스스로 괴롭힌 시간들이
조금은 달라지지 않았을까.

모든 것들은 필연적이고,
나름의 의미를
품고 있으리라 믿지만,

아마도 나도 세상에 없었을 테고.

이루지 못한 꿈은 어디로 향해,
어떤 모습으로 존재하고 있을지,

종종 생각하게 된다.

아무렇지 않은 척

내가 임대를 하던 날,
부모님과 마지막 인사를
나누던 순간을 기억한다.

맛은 하나도 기억나지 않는
호미곶 근처에서의 마지막 점심.

훈련소에 도착해서,
어수선한 분위기를 지나,
이제는 들어가야 할 시간.

엄마와는 깊은 포옹.

잘 갔다 와라.

응. 갔다 올게.

아빠와는 짧은 악수.

서로 미소를 지으며,
짧은 몇 마디를 나누고,
아무렇지 않은듯, 임대를 했다.

한참 지나고 나서,
엄마에게 들은 이야기는,

그렇게 인사를 나누고,

포항에서 부산까지
돌아가는 차 안에서,

엄마는 오히려 덤덤하셨지만,
아빠는 눈물을 훔치셨다고 한다.

한 번의 기억

아빠는 술을 좋아하셨고,
나는 술을 좋아하지 않는다.

어릴 적부터 아빠의
술 마시는 모습이 싫었고,

쪼르르.

우리 가족이 힘든 이유는
모두 술 때문이라 생각했다.

그래서 성인이 되어서도,
아빠와 술을 마신 적이 없었다.

그러다 딱 한번,
군대를 전역한 후에,
단둘이 술을 마셨다.

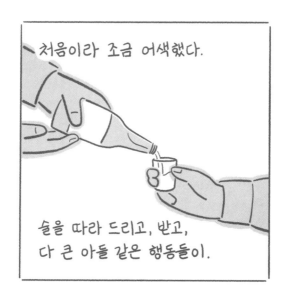

처음이라 조금 어색했다.

술을 따라 드리고, 받고,
다 큰 아들 같은 행동들이.

아빠는 금세 취하셨다.

먹고 싶은 것들
다 시켜, 아들.

목소리가 조금씩 커지고,
같은 말도 계속 반복하셨다.

단골 사장님께 민망할 정도로,
거듭 나를 자랑하시기도.

그날만큼은 세상에서
가장 기분 좋고 밝아 보이셨다.

아빠와의 술자리는
그게 처음이자 마지막이었다.

똑.

여러 기분이 교차했던 그 기억이
옅은 알콜 향기처럼 남아 있다.

변하지 않는 것

2014년의 초여름,
심한 바이러스에 걸려
한 주간 입원을 했었다.

아빠는 그 당시,
일을 쉬고 계셔서,

몸은 좀 어떠냐.

응. 좀 괜찮아요.

나를 챙겨 주려,
매일 병원을 오셨다.

점심을 먹고 나면,
병실이 답답해서
휴게실에 앉아 있었다.

짧은 대화만이 가끔 오갔다.

휴게실에서는 광안대교와
먼 바다가 한눈에 보였다.

0과 30부터 시작된,
아빠와 나의 나이.

그 후로 삶과 생각,
많은 것들이 사라지고,
또 달라졌지만,

그래도 나는 여전히,

'아빠'라는 존재의
보살핌을 받고 있구나.

스스로를 향한 아쉬움,
당연한 것에 대한 감사함이 섞여,

시간이 느리게 흐르는 듯했다.

짧은 메모

아빠는 작은 메모 패드에
띄엄띄엄 글을 써 두었다.

유언이라는 말보다는,
짧은 편지가 어울리는,
아주 덤덤한 모양새로.

처음에는 너무나도
간결하게 정돈된 문장에
큰 감흥을 느끼지 못했다.

잊혀질 때쯤, 한 번씩 꺼내 보며.

하지만 시간이 흐르며,
무언가 어렴풋이 느껴졌다.

아빠는 단 한 번도 날 혼내시거나,
무언가가 되길 바라신 적도 없다.

마지막 노트에서조차도
나에게 그 어떤 아쉬움과
기대감을 표하지 않으셨다.

그저 있는 그대로.

늘 하던 대로.

나의 길을 걸으면 된다는
강한 믿음이지 않았을까.

모두 헤아릴 순 없지만,
아빠의 진심을 상상해 본다.

떠나는 마음

오랫동안 궁금했다.
떠나는 마음에 대해서.

기억을 곱씹다 보면
짐작할 수 있지 않을까,
막연한 마음도 품었다.

스물몇 해 전쯤,
작은 스케치북에 정성껏
사진과 글을 채워 나갔던,

아빠의 마음.

그리고 8년 전쯤,
작은 노트 패드 한 장에
마지막 말들을 써 내려갔던

아빠의 마음.

엄마와 나와의 순간들에
눈물과 미소를 지어 가며,

영원히 떠나는 것은 아니라고.
스스로 확신에 찬 마음이었길.

가을 벤치

———

단풍이 한창이던 가을날, 어떤 벤치에 엄마와 단둘이 앉아
있었다.

아빠가 돌아가신 지 일주일쯤 지난 날이었다. 감정을 추스를
겨를 없이, 남겨진 일들을 처리하며, 하루하루 정신없는 날
들을 보내고 있었다. 그날도 어떤 서류를 처리하기 위해 돌
아다니던 하루였다.

평범한 인도에 뜬금없이 벤치가 놓여 있었다. 뒤로는 커다란
단풍나무가 드리웠다. 엄마와 나는 그곳에 앉아, 잠시 한숨
을 돌리기로 했다. 벤치에 앉아 주섬주섬 정리된 서류들을
꺼내고, 스치는 바람에 날아가지 않게 손가락에 힘을 주고,
덤덤하게 이야기들을 꺼냈다.

그날 엄마는 나에게 처음으로 아빠가 남긴 마지막 노트를 보
여 주셨다. 그리고 내가 미처 보지 못한 아빠의 마지막 순간
에 대한 이야기도 꺼내셨다. 그 후로 오랫동안 대화를 이어

나갔다. 아빠의 생전 이야기부터, 짐작해 보는 아빠의 마지막 마음마저. 그 순간 엄마는 미안함이 가장 크다고 했다. 아빠의 선택을 막지 못한 것에 대해서.

"너는 마음에 걸리는 게 있어?"

대답 대신 휴대전화를 꺼내고, 아빠가 보낸 마지막 카톡 메시지를 띄웠다. 그것은 한 문장의 질문이었고, 곧바로 이어진 나의 답은 거절이었다.

"만나고 있는 여자친구 소개 한번 해 주겠니?"
"음… 이번에는 좀 힘들 것 같고, 다음번에 소개할게."

그럴 만한 이유는 있었다. 추석 무렵이었기에 그 당시 연인도 연휴를 가족과 함께 보내야 했고, 또 만난 지 6개월도 채 되지 않아 섣부르게 소개해 드리는 것이 불편했다. 그래서 거절했다는 사실보다는, 그 뜬금없는 질문 속에 어쩌면 아빠의 마지막 마음이 담겨 있었을지도 모른다는 것이 참 아쉬웠다. 만약 그때의 선택을 바꿀 수 있다면, 한 문장의 짧은 답장이 아니라, 시간 내어 전화라도 한 통 걸었더라면 어땠을까.

간단한 질문이라도, '왜요? 무슨 일 있어요?'라고 물었더라면, 그럼, 아빠의 마음을 짐작이라도 할 수 있지 않았을까. 짐작했다면 내가 할 수 있는 무언가를 하지 않았을까. 하물며 대화라도 조금 더 이어 나갔더라면, 덜 후회하지 않았을까. 답이 없는 질문은 꼬리에 꼬리를 물고 맴돌게 된다.

하지만 분명한 것은, 어쩔 수가 없다. 지나간 선택도, 사람의 마음도.

그러기에 우리는 그저 살아가기로 했다. 분명 아무렇지 않을 리 없는 사건이고, 쉽게 지워지지 않는 고통이 영원히 남아 있겠지만, 너무 깊이 생각하지 않기로 했다. 그 순간만큼은 한 방울의 눈물도 흐르지 않았다. 진실로 아무렇지 않은 기분이 잠깐 들었다. 이렇게 지금처럼 떳떳하게 살아가면 된다고, 마음속으로 또 한 번 다짐했다.

아빠가 떠난 계절이 가을이라서 다행이었다. '가을', '갈', 발음 때문일지도 모르겠지만, 이질감 없이 그리운 존재를 떠나보내고, 텅 빈 마음을 다지고, 다시 걸어가기에 가장 괜찮은 계절이었다.

그 후로 끊임없이 계절은 변했지만, 매년 가을이 오면 아빠를 보러 가고 있다. 꽤 먼 거리지만 가는 내내 에픽하이의 〈당신의 조각들〉을 거듭해서 듣다 보면 어느 순간, 추모 공원에 도착한다. 이제는 팻말을 보지 않고도 익숙하게 길을 찾아간다. 아빠 앞에 국화 한 송이와 그토록 좋아하셨던 소주 한 잔을 올려 놓고, 마련된 작은 벤치에 가만히 앉아 잠시 눈을 감는다. 두서없이 이런저런 이야기를 꺼낸다. 하지만 모든 말은 뻔하다.

"나 잘 지내고 있어. 아빠도 잘 지내."

그럼, 모든 가을이 그러하듯, 햇살은 따뜻하게 비추고, 바람은 선선하게 불어온다.

4부

꿈은 돌아돌아

평범한 꿈

멋진 세계를 만들어 가는,
예술가들을 동경한다.

어렸을 때부터 내가
아주 꿈꾸던 삶이었기에.

어린 나의 꿈은
비교적 꽤 자세하고,
선명한 것들이었다.

내가 그린 세상에서
자유롭게 살아가는.

시간이 흐르고,

애매한 재능에 타협하고,
가능한 현실에 순응하며,

꿈은 조금씩 모습이
변하는 듯했지만,

깊숙한 속에서
작고 단단하게 뭉친
처음 그대로의 꿈은

어딘가에 숨어 있다가도,
잊을 만하면 다시 나타나며,

기껏 가다듬은 세상을
마구 헤집어 놓기도 한다.

그렇게 맴돌고 있다.

더 이상 꿈꾸지 않는
꿈이 되어버린 꿈.

돌고 돌아 함께 지내 온
시간들이 궁금해졌다.

꿈의 기원

둥그랗게 잘라 붙인 사진과
아기자기 직접 그린 그림들.

내가 잠든 사이 써 내려간,
짧은 한 마디 한 마디 문장들.

엄마가 그린 소망을 닮은,
꿈속을 유유히 떠돌아다니며,

나의 아주 작은 꿈은
비로소 모양을 드러냈을 거야.

네모난 것

어린 시절 우리 집에는
그림 꾸러미들이 많았다.

유치원 선생님이셨던
엄마가 손수 만든 교구들.

서랍 속, 침대 아래,
곳곳 쌓여 있던 그것들은
나만의 장난감들이었다.

그중 가장 좋아했던 것.

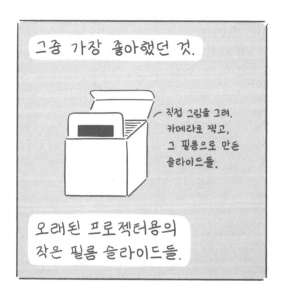

직접 그림을 그려,
카메라로 찍고,
그 필름으로 만든
슬라이드들.

오래된 프로젝터용의
작은 필름 슬라이드들.

형광등을 바라본 채,
한쪽 눈을 질끈 감고,

사실 어떻게
쓰는지도 잘 몰랐으니.

반대편 눈 가까이에
네모난 것을 갖다 댔다.

은은한 갈색빛에 비친
'아기 돼지 삼형제'.

7

아무런 설명도,
대사도 없었지만,

장면들은 상상만으로
거뜬하게 완성되었고,

한 장 한 장 바꿀 때마다,

손톱만한 아기 돼지들은
이야기를 만들어 갔다.

작은 방, 형광등, 나 사이에
아기 돼지들, 언덕, 작은 집.

조그마한 세상이 주는 행복.
나의 꿈이 한 뼘 자라던 순간.

호랑이 그림

초등학교 2학년쯤,
수업 시간에 우연히 그린
'햇님 달님' 속의 호랑이.

그림은 선생님의 칭찬과 함께
중앙 현관에 전시가 되었고,

남 앞에서 말 한마디
꺼내기조차 서툴던 나는

어흥.

늠름한 호랑이 뒤에 서서
관심을 조용히 즐겼다.

어쩌면 그림보다도
주목받고 인정 받는 일이
더 좋았을지 모를 정도로.

뿌듯.

그 후로 오랫동안,

호랑이 그림만큼 관심받은 일은
좀처럼 생기지 않았던 것을 보면,

그저 우연처럼 '잘' 그려진 게
아니었을까 싶기도 하지만,

소심하고 조용한 한 아이에게
액자 속 색연필 호랑이는

세상으로 한 발짝 나와,
꿈을 꿀 수 있는 용기를
한 움큼 쥐여 주었다.

심심한 세상

희망찬 나의 꿈은
견고한 듯했지만,
차츰 금이 가기 시작했다.

장래희망

읽기

그림 그리기

이상은 높고,
재능은 애매하며,
애정은 얕았다고 할까.

특히 타고난 이들의
상상 속 세상을 부러워했다.

와.

다채롭고 화려하며,
생경하고 특별한 세상.

펑.

펑.

그에 비해 나의 세상은
현실적이고 심심했다.

그들의 세상을 곁눈질하며,
따라해 보려고도 했지만,

퐁.

커다란 4절지 여백 같은
빈 세상을 채우기엔 부족했다.

잘하고 싶은 만큼,
그리 잘하지 못해서
더 이상 즐겁지 않았다.

꿈의 모습은 흐릿해지고,
서서히 움츠러들었다.

그렇게 꿈은 오랜 시간
정처 없이 둥둥 떠다녔다.

애매한 재능

무언가를 곧잘 하는 편이나, 그보다 뛰어난 사람은 널려 있고, 하지만 그게 가진 유일한 재능일 때, 우리는 흔히 '애매한 재능의 저주'라고 말한다.

초등학교 3학년쯤, 교실이 왁자지껄해진 순간이 있었다. 나와 같은 반 여자아이, 두 명을 중심으로 나머지 아이들이 에워쌌다. 우리는 그림을 그리고 있었다. 선생님이 수업 시간에 내어 주신 과제였던, 교과서에 있는 삽화 따라 그리기를 하던 중 작은 '대결'이 일어난 것이다. 물론 우리가 주도한 것은 아니었지만, 아이들 사이에서 '누가 더 잘 그리냐'라는 논쟁이 불거지기 시작하며 그 열기는 불타올랐다. 눈에 띌 정도로 실력의 차가 났던 것은 아니었기에, 결론은 평화로운 무승부 정도로 끝이 났다.

하지만 나만 아는 비밀이 있었다. 나의 눈에 그 아이는 나보다 분명 그림을 더 잘 그렸다. 손의 움직임은 망설임이 없었고, 쓰는 선은 자연스럽고 가벼웠다. 그에 비해 나의 선은 힘이 잔뜩 들어갔고, 엇나간 선들을 지운 지우개 자국도 많았다. 그리고 자세조차도 달랐다. 아무리 아이들이 소란을 부려도, 그 아이는 전혀 동요하지 않았다. 그런 사실을 눈치채고도, 나의 알량한 자존심이었을까. 아이들에게 '서로의 스타일이 다르기 때문에 승부를 따지는 건 무의미해.'라며 구차하게 설명했던 내 모습이 떠올라, 지금도 낯이 뜨거워진다.

다음 해쯤, 미술 학원에서 나의 애매한 재능은 탄로가 나 버렸다. 연필 소묘를 넘어가 본격적으로 수채화를 시작하자, 이젤 앞의 나의 손은 자꾸만 허공에서 멈추었고, 붓은 갈 길을 잃어버렸다. 어쩔 줄 모르는 마음에 고개만 여기저기 둘러보니, 나보다 월등한 아이들이 수두룩하더라. 그림을 향한 자신감이 금세 사라졌다.

그때 나는 공부에는 큰 흥미가 없었고, 운동은 잘하지 못했고, 다른 취미도 딱히 없고, 수줍음이 많아 말도 잘 못했다. 그나마 그림이 내가 가진 유일한 것이었는데, 온통 흔들려 버렸다.

달리 할 수 있는 것이 없었다. 여기저기 기웃거렸다. 남들 다 하는 공부도 하고, 책도 조금씩 읽고, 영화도 보고, 음악도

듣고, 아주 가끔 그림도 그렸다. 하지만 무엇 하나 깊게 하는 법이 없었다. 모든 것은 어중간했다. (의외로 공부가 그나마 나은 편이었던) 꿈은 시도 때도 없이 바뀌었다. 천문학자, 한의사, 건축가, 산업 디자이너, 웹툰 작가, 그래피티 아티스트, 라디오 DJ, 뮤지컬 배우, 뮤지션…. 신중하게 고민한 것부터, 다짜고짜 등장한 터무니없는 것까지.

그중 어느 것도 뚜렷이 가능성이 보인 것은 없었다. 잘하는 것을 찾기 위해서, 좋아하는 것들을 뒤지고 뒤지다 보니, 그냥 좋아하는 것들만 잔뜩 남았다. 대신 모르는 사이, 수많은 관심과 취향을 가진 인간으로 자라났다. 흔히 말하는 넓고 얕은 인간이었다.

에밀리 와프닉의 〈모든 것이 되는 법〉에는 '퍼티라이크 (puttylike)'라는 단어가 등장한다. 이는 이음새를 연결하기 위한 일종의 접착제 같은 '퍼티'와 같이, 직접 무언가가 되기도 하며, 서로 다른 것들을 하나로 묶을 수 있는 사람을 지칭한다. 내 멋대로 단어의 인상을 정하자면, 쫀득쫀득, 말캉말캉한 인간(마치 포켓몬의 메타몽스러운). 내재하고 있는 자잘한 지식과 취향들이 거대한 데이터가 되어, 완벽하지 않아도 대신 뭐든지 될 수 있는 존재. 나는 그편이 더 맞았다. 이는 분명히 '애매한 재능'에서부터 출발하여, 확장되고, 그리고 마침내 발현된 나의 정체성이다.

스스로 '퍼티'처럼 살아가기로 마음을 먹고 나니, '애매한 재능'은 더 이상 저주가 아니었다. 어쩌면 약간의 축복일지도.

꿈의 휴식

꿈은 있는 듯 없는 듯 지냈다.

수업 시간 교과서 귀퉁이나,
책상 위를 덮은 낙서처럼

다른 꿈이 생긴 적도 있지만,

이유조차 가물가물할 정도로

진심과는 거리가 멀었고,

필름 영사기 넘어가듯,
빠르게 대체되고 사라졌다.

'어떤 사람이 되어야 할까?'

드르륵.

뻔하지만 복잡한 질문에
애써 큰 의미를 두지 않았다.

하지만 적당한 순간에
적당한 의미는 찾아왔다.

?

고등학교 2학년 무렵,
특별할 것 없는 진로 검사
결과지 한 장과 함께.

오래된 꿈의 모습은
미세하게 달라지고 있었다.

운명의 모양새

별다른 기대감 없이
진로 검사 결과지를
쓱 훑어보다, 멈칫했다.

추천 직업란 상단에
가장 먼저 적혀진 단어, '건축가'

대표 직업
건축가, —, —, —, —

익숙하지만서도,
떠올려 본 적은 없는 단어.

문득 그런 기분이 들 때가 있다.

어떤 사소한
하나의 사건이,

일련의 일들을
퍼즐처럼 이어 붙여,

필연적인 운명처럼
느껴지는 기분.

선들을 그어, 집을 만들고,
동네를 꾸리고, 도시를 이루는,

'건축가'는 마치
명료한 해답처럼 다가왔다.

그러나 그 '단어'가
맨 앞에 있었던 것은
사실 대단한 통찰이나
계시 따위는 아니었다.

대표직업

"건축가, ㄴ——, ㄷ——,
ㄹ——, ㅁ——, ㅅ——,

그저 가나다순에 불과했다.

다만, 머릿속 수많은 질문에
적당한 답이 되어 줄 것 같아서,

운명처럼 보이는 모양새를
모른 척 믿어 보기로 했을 뿐.

이야기 그릇

건축 공부를 하며,
좋아했던 것이 있다.

내가 만든 공간에
이야기를 담아내는 것.

...

액자 속 사진 같은 빈 공간은
그다지 나의 취향은 아니었고,

~ 허전한걸.

나에게는 항상
이야기가 먼저였다.

...
...
...
...

어떤 장면들과
소리들로부터 시작된.

사람과 동물, 자연까지.

그 속에 담긴 모든 것들의
무대가 되고, 배경이 된다.

처음으로 집을 설계하는 과제에
한 명 한 명의 이야기를 상상했다.

직업, 생김새,,

이름, 나이,,

성격, 말투,,

서로 어느 곳에서 마주쳐서,
어떤 대화를 나누고,
어떤 움직임을 만들어 내고,

의도하지 않은 구석에서
의도하지 않은 장면들도 탄생하는.

매 시간, 매 주, 매 해마다
수없이 많은 삶의 단편과
장편들이 쏟아지는 공간.

그것을 상상하는 것만으로
설렘이 차오르는 일이었다.

기울인 시간

다른 꿈을 꾸기 시작하며,
삶에서 희미해진 그림은
우연하게 다시 찾아왔다.

대학교 3학년 여름 방학,
광안리 해변 근처에서
작은 화실을 발견했다.

끌리듯 곧장 등록했고,

매주 화요일에 그곳으로
그림을 그리러 가게 되었다.

오랜만의 그림에 어색했지만,
이내 몰입했고 편안해졌다.

그곳에선 그 어떤 목표도,
따라야만 하는 틀도 없었다.

재료도 그날 끌리는 걸로.

연필, 볼펜,
수성펜...

제일 좋아한 붓펜.

원하는 것의 모양을 따라
선을 긋기 시작하면 되었다.

스윽.

주저 없이 멋대로 그어본다.

예상을 벗어나고, 어긋나더라도,
그대로 이어지는 새로운 의미.

세세하게, 때론 뭉뚱그려,
멈추고 싶으면 멈추기도.

여백이 한가득 차지해도,
그것 그대로 온전했다.

꿈에서 한 발 벗어난 그림은
불완전하더라도 충분했다.

아무런 기대 없이,
선 끝에 기울인 펜,
기울인 몸, 기울인 마음.

온통 기울인 시간이었다.

다시 그림

그 후로 졸업을 하고,
쉽지 않았던 첫 직장 생활.

늦은 퇴근 후에
끄적이는 그림은

걱정 없이 마음 쏟는
유일한 시간이었다.

마치 아침의 물 한 잔 같은
평범한 하루의 일부가 되었다.

꾸준하게 기록하려,
텅 비어 있던 SNS에
하나둘씩 올려 보기도,

또 주변 사람들의
행복한 모습들을 모아
그려주기도 했다.

그리다 보면
덩달아 행복해지기도.

돌아오는 말과 표정들이
하나도 빠짐없이 좋았다.

은은한 미소,
반짝이는 눈빛,

다정한 말투,
따뜻한 한 마디.

그리며 생겨난 작은 에너지는
타인에게 한 움큼 건너가고,

나에게 한 아름 다시 돌아와
이내 다시 펜 끝으로 향하는.

바랄 것 없는 그림은
어느샌가 나의 하루를
조금씩 지탱해 주었다.

말의 도구

보다 오래 그리기 위해서,
평범한 나를 담고 싶었다.

늘 하고 싶은 말들이 많았다.
누군가에게, 혹은 스스로에게.

...

평소에 품고 있던,
어떤 나의 이야기를
그림으로 풀어 보기로.

평범하게 말하듯이,

나의 말투와 태도를
그대로 옮겨 놓으려 했다.

난 말을 할때면,
약간의 긴장에
손짓이 많아진다.

본격적으로, 또는 간절히
이야기를 하면 할수록.

꺼내고픈 말은 많지만,
어렴풋하고, 모호하기에.

말로는 하나 하나
담아내기 어려울까봐,

허공에 손으로 그은
선들의 도움을 받는다.

의미 없는 선들을 모으는 듯,
그럴듯한 장면으로 꾸며 보며,

나의 말과 가장 닮아 있는
무언가를 그려나간다.

누군가, 그리고 스스로에게
부드럽게 닿길 바라며.

꿈과 나

예전에는 내가 꿈을
만들어 간다고 생각했다.

하지만 그와는 정반대였다.

꿈은 우연한 순간에 나타나
나를 새로운 세상으로 이끌고,

훨훨.

무엇이든 될 것만 같은
따뜻한 희망을 건네기도,

때론 한계를 마주하게 하여,

꿍꿍.

있는 그대로의 현실을
차갑게 알려 주기도 했다.

이젠 꿈이 뭐냐고 묻는다면,

'잘 모르겠다'라는
답이 먼저 떠오른다.

까마득한 곳에서
어렴풋한 모습으로,
빙빙 돌고 있기에,

내가 원하는 모습이나
명료한 정답이 되어 주길
감히 바라지 않는다.

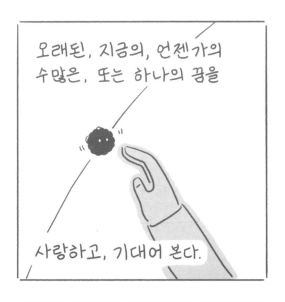

오래된, 지금의, 언젠가의
수많은, 또는 하나의 꿈을

사랑하고, 기대어 본다.

그것은 생애 동안 맴돌며,

나를 천천히 만들어 갈 테니까.

예술가라는 것

———

화가를 꿈꾸던 어린 시절, 영어로 나의 꿈을 설명해야 하는 순간이 있었다. 그때 사전을 살펴보다 처음으로 눈에 띈 단어가 있었다. 바로, 'Artist'.

'예술가', 이 세 글자가 그렇게 멋있어 보일 수가 없었다. 그 단어는 언뜻 직업처럼 보이지 않았다. 왠지 지나치게 고결해 보여서. 곧바로 그 단어를 동경하게 되었고, 언젠가 그것의 범주에 속해 보고 싶다는 마음이 들었다.

시간이 흘러 스물셋 무렵, 한창 졸업 후 진로를 고민하던 때, 현실의 문제들이 쓰나미처럼 다가오자 나는 그 단어를 포기하기로 했다. 대신 부모님을 빠르게 안심시켜 드릴 수 있으며, 할아버지가 오래전부터 습관처럼 말씀하시던, 안전함이 꾸준하게 보장된 직업을 선택하기로. 그것은 충분히 현명한 선택이라고 생각했다. 물론 지금도 그 생각에는 변함이 없다.

하지만 이내 위기감을 느꼈다. 지난 시간 동안 내가 겪은 나는 그 선택을 후회하지 않을 자신이 없었다. 나는 현실 감각이 다소 떨어지는 이상주의자라, 자꾸만 손에 잡히지 않는 삶을 동경하고 말 거라고. 나는 하고 싶은 일을 기어코 해야만 하는 '고집 센 아이'였기 때문이다.

생각 끝에 뜬금없게도 타투를 하기로 결심했다. 단언컨대 그전까지는 타투에 대해서 아무런 관심이 없는 인간이었다. (기준은 없겠지만, 타투와 그리 어울리지 않는 인간의 유형이기도 하다.) 타투의 천국이라고 할 수 있는 호주에서 지내는 동안에도 한 번도 눈길을 준 적이 없었을 정도였다. 하지만 타투를 하겠다는 마음이 든 지 일주일만에 나는 곧바로 계획을 실행해 버렸다.

왼쪽 손목 안쪽에 8줄짜리 긴 문장을 새겨 넣기로 했다. 가로 6센티미터에 세로 9센티미터 정도. 예약한 타투 숍은 정갈한 느낌의 편집 숍과 비슷했고, 라운지 소파에 앉아 바라보는 벽에는 기하학적이고 감성적인 고래의 삽화가 액자 속에 걸려 있었다. 내 취향과 닮은 공간에 첫 타투에 대한 약간의 긴장감이 금방 누그러졌다.

타투이스트는 작업 중에 한마디를 건넸다.

"첫 문신치고는 꽤 크게 하시네요."

"네, 눈에 잘 띄었으면 좋겠기에요."

그 눈이란 남들의 눈도 있겠지만, 정확히 말하면 나의 눈이었다. 사는 동안 순간순간 나의 눈에 툭툭 걸려, 오랫동안 바라 온 삶의 방향을 상기시켜 주기를 바랐다. 사실 지금 생각해 보면 치기 어린 마음이었다. 그때 새긴 문장들을 하나하나 읽다 보면 지나치게 뜨거운 느낌이 들어 민망하기도 하다. (누군가가 뜻을 물어볼 때마다 멈칫한다.) 하지만 나는 그 문장의 뜻보다도, 그 타투에 담긴 마음을 끊임없이 되새긴다. 남들과는 다르게, 무언가 고민하고 창작하며 살고 싶다는 의지.

'모방에 기대지 않고 영감을 찾으며, 나만의 창조를 발전시켜 혁신을 추구하라.'

그로부터 십 년쯤 지나고 나니, 문구는 조금 빛이 바랬다. 당시 뜨겁게 꿈꾸던 것들도 이제는 꽤 옅어진 듯하다. 나는 지금 '예술가'라고 불릴 수 있을까. 정확히 어떤 삶이 예술가라고 정의할 수 있는지도 모르겠지만, 그래도 한 가지의 희망은 있다. 여전히 하고 싶은 일을 기어코 해 나가고 있다. 그것만큼은 까만 잉크가 얇은 피부에 갓 스며든 순간만큼 또렷

하다.

나에게는 예술적 영감을 주는 오래된 영웅이 있다. 브로드
웨이의 뮤지컬 〈렌트〉를 창작한 조너선 라슨이다. 그는 짧은
생이었지만, 사는 내내 끊임없이 자신과 사랑하는 친구들의
삶에 관해 이야기하고 노래하며, 그들의 이상향에 대해 상
상하고 그려 내었다.

그의 삶을 보면 예술가라는 것은 주어진 재능만으로 이뤄지
지 않는 것만은 분명하다. 두려움에서 비롯된 절실한 마음,
그리고 그것을 사랑으로 승화해 낼 수 있는 용기, 그리고 오
랫동안 이어 나갈 수 있는 꾸준함으로 그저 해 나간다면, 그
누구든 어떤 식으로든 예술가로 살아갈 수 있지 않을까.

그의 또 다른 작품, 〈틱틱붐〉의 한 넘버에서 그는 말한다.

'두려움일까, 사랑일까, 대답할 필요 없어.
행동이 말보다 더 큰 울림을 주니까.'
    – 뮤지컬 〈tick, tick… BOOM!〉의 ost 「Louder Than Words」 중에서

또 다른 나

그리고 쓰는 사람이 되기로 마음을 먹었다. 지난 몇 해를 보내고 최근에 내린 결정이다.

어떤 날, 을지로의 한 카페에서 학교 후배와 대화를 나누고 있었다. 나와 같이 건축을 전공하고, 그림 그리기를 취미로 하는 친구였다. 문득 후배는 말했다. '건축과 그림 다 좋아요. 둘 다 포기하고 싶지 않아요.' 또렷한 표정으로 건넨 그 말이 마음속에 오래 남았다. 나는 그동안 늘 이렇게 말했다. '아직 모르겠어. 여전히 방황 중이야.' 하지만 후배의 말에 나의 문장은 금이 갔다. 겉으로는 미미하지만, 꽤 깊은 금이었다. 분명 회피하고 있었다. 정해 버리면 돌이킬 수 없을 것 같아서 '방황'이라는 단어 뒤에 숨어 있었던 것이다.

더 이상 고민은 그만두기로 했다. 마음이 조금 더 기우는 곳으로 정해 보기로. 영화 〈포드 V 페라리〉 중, 이런 대사가 있다.

"이 세상에서 하고 싶은 일을 찾는다면, 평생 단 하루도 일을 안 하고 살 수 있어."

나에게 일이지만, 일이 아닐 수 있는 일은 과연 무엇일까. 그렇게 생각하고 나니 비교적 명쾌했다. 내가 좋아하는 일이란, 혼자서 아늑하고 따뜻한 공간에 앉아, 하염없이 쓰고 그리는 일, 그리고 틈날 때마다 문밖을 나서 걷고 사색하는 일. 그것이 내가 가장 오래 하고 싶은 일이고, 평생 덜 지치며 해낼 수 있을 만한 일이었다.

그럼, 이제 확신할 수 있냐고 묻는다면, 당연하게도 아니다. 다만 애써 신경 쓰지 않기로 했다. 그 선택의 몫은 더 이상 나에게 주어진 것이 아니다. 대신 '평행 우주, 다중 우주'에 관한 이야기를 종종 상상해 본다. 여러 이야기로 접한 얄디얄은 과학적 상식을 동원해 보면서 말이다. 만약 다른 우주, 다른 시간 속에 또 다른 '상현'이 있다면, 그리고 그 친구가 내가 가지 못한 선택을 하고, 그 길을 걷고 있다면 어떨까.

예를 들면, '2018년 5월쯤, 내가 퇴근 후에 취미로 그림을 시작하지 않았더라면 어땠을까.'라는 질문을 던져 본다. 아마도 다니던 건축 설계 회사를 여전히 다니고 있을 테고, 퇴근 후의 공허함을 달랠 수는 없었겠으나, 꾸준히 연차를 쌓아, 진급도 했을 테지. 일이 고되어 힘든 순간도 찾아왔겠지만, 함께 하는 동료들과 서로 다독이고 참아 내며, 어느 순간은 제대로 인정도 받지 않았을까. 그리고 커리어가 적당히 쌓였을 시기에 이직하고, 그 후엔 내 이름으로 된 건축사사무소를 열어, 고군분투하며 직접 디자인한 건물들을 도시에 하나둘 더해 가며, 나름대로 보람을 느끼며 살아가지 않았을까.

다만 그 '상현'도 매 순간 번민하고, 아쉬워하며, 문득문득 가 보지 못한 길에 대해 후회도 하겠지. 이제 그 후회를 덜어 주는 것은 나의 몫이다. 다른 것은 몰라도, 이 선택의 결과는 이 우주의 나만 볼 수 있고, 나만 증명할 수 있기 때문에. 나머지 선택의 결과들은 수많은 우주의 다른 '상현'들이 확인해 줄 것이다. 그렇게 생각하면 괜스레 안심된다.

이처럼 거대한 우주들의 움직임을 상상하다 보면, 실은 어떤 선택도 그다지 중요하지 않은 것이 아닐까 하는 생각이 든다. 모든 우주의 내가, 나의 대부분을 닮아 있다면, 설령 어떤 선택을 했고, 어떤 길을 걷고 있든 간에, 지금의 나와 모두 같은 마음으로 걷고 있지 않을까.

'이 우주의 나처럼, 또 다른 나를 상상하며,

서로를 동경하고 애틋해할 거야.

모든 순간의 모든 나,

그리고 모든 이의 선택을 응원하며.'

상현

건축 설계를 하다가 지금은 글을 쓰고 그림을 그리고 있다.
나만의 이야기를 담담하게 털어놓는 것을 좋아한다.
오랫동안 변하지 않는, 잔잔하지만 울림이 있는 무언가를 만들어 나가려
하루하루를 쌓아가고 있다.

인스타그램 @sang.ted

작은 스케치북

1판 1쇄 2023년 7월 10일 | 글·그림 상현 | 편집 백지원 백다영 | 아트디렉팅 이인영
디자인 림어소시에이션 | 찍은곳 동인AP 031. 943. 5401 | 펴낸이 김구경 | 펴낸곳 고래인
출판등록 제2021–000056호 | 주소 서울특별시 강서구 강서로56가길 37, 502호
전화 02. 3141. 9901 | 전송 0303. 3448. 9901 | 전자우편 goraein@goraein.com
홈페이지 www.goraein.com | 페이스북 goraein | 유튜브 goraein
인스타그램 고래인 goraein, 고래뱃속 goraebaetsok | Copyright ⓒ 상현, 2023
ISBN 979-11-983729-0-1 03810 | 이 책의 국내외 출판 독점권은 고래인에 있습니다.

본 도서는 카카오임팩트의 출간 지원금을 받아 만들어졌습니다.